악어는 꿈을 꾸지 않는다

시작시인선 0483 악어는 꿈을 꾸지 않는다

1판 1쇄 펴낸날 2023년 9월 8일
지은이 노두식
펴낸이 이재무
기획위원 김춘식, 유성호, 이형권, 임지연, 홍용희
책임편집 박예솔
편집디자인 민성돈, 김지웅, 정영아
펴낸곳 (주)천년의시작
등록번호 제301-2012-033호
등록일자 2006년 1월 10일
주소 (03132) 서울시 종로구 삼일대로32길 36 운현신화타워 502호
전화 02-723-8668
팩스 02-723-8630
블로그 blog.naver.com/poemsijak
이메일 poemsijak@hanmail.net

ⓒ노두식, 2023, printed in Seoul, Korea

ISBN 978-89-6021-728-7 04810
       978-89-6021-069-1 04810(세트)

값 11,000원

악어는 꿈을 꾸지 않는다

노두식

천년의 시작

시인의 말

색깔이 아닌
명암을 뒤적이며

행위를 멈추면
행위가 질문이 되는

나는
중심을 잡으면서도 늘 목마르다

차 례

시인의 말

제1부

제2부

제3부

제4부

해 설

제1부

몽돌을 듣다

청흑빛 우울이 마지막 주문처럼
바다의 하루를 지워 가고 있다

촤르륵 촤르륵 낯선 언어를 듣는다
검은 몽돌 띠를 두른 해변

하얀 물거품에 가려
닦이고 깎여 버려지는 것들과
버릴수록 둥글고
둥글어질수록 섬세해지는
내면의 소리

한 생애를 닦달해 온
몸과 마음
여전히 회억에 매이고
욕망에 매이고 습성에 매이는

완고한 남루로 우두커니 서서

나

곳곳에 성형한 흔적이 보인다
명확하다
그것은 네가 선택한
새로운 삶의 방식

너는 입을 다물고 있으나
나는 소리 없는 너의 변명을 듣는다

변명이란 부족함
부족은 만족을 위해 마련되어 있는 구실이다

지네의 다리는 스무 쌍이 넘고
두 개의 코뿔소 뿔은 서로 크기가 다르지만
그것이 그들이게 하는 징표

나는 너를 보면
자꾸 낯설어져 가슴이 죄므로
너의 낡은 존재를 지금의 너에게 덧씌우고 싶어진다

나의 신뢰는 일종의 사랑이다

평생을 해로한 부부의
관습과도 같은

그것에 봉인되기를 꺼리는 너는 얼마 동안
민감한 어둠이 되어 적개심 속으로 숨어 버린다

선행

오늘도 한 가지 선행을 했지 싶다
공원 벤치에 꼼짝 않고 앉아
두 팔뚝을 내어
요골 정맥에서 8mg쯤 되는 건강한 피를
무상으로 나누어 주었으니

이왕에 일일 일선 하기로 작정한 마음
상대를 고르고 가릴 수는 없는 일

전생이란 게 있다면
모기는 나와 무슨 관계였을까
무당벌레와 진딧물 사이는 아니었을 테고

어쨌거나 이 낯설지 않은 미물의 후사에
나름 일조를 한 것은 틀림없다

아,
나에게는 지난날
그토록 소홀했던 한 사람이 있었다
이 밤 그를 그리워하는 것이 벌 아니고 무어랴

일상

높이와 상관없이
늘어나고 줄어드는 그림자

잡으면 다시 놓아야 하고

체온과 체온 사이를 메우는
날치알 같은 욕망들

구름 일어 떠가는 바다의 꿈
믿는 만큼 믿고 싶은 우리

뒷모습 따라가며
뒷모습을 남기며

멀어지는 흔적만 자욱한

몽혼야행

시든 자엽 같은 수레를 끌며 어둠 속을 디뎌 가는 발걸음마다 기억이 질퍽거려요 가로등이 드문드문 켜 있어도 마찬가지예요 당신의 볼이 젖어 있던 그날이 생각나요 그냥 입만 다물고 있으면 되는 건데 낯선 입들은 입술을 달막거려요 거품처럼 떠다니며 낡은 문장을 만들어 놓아요 섞여 있는 숫자들은 대부분 기형이에요 글귀들은 차근차근 밝히는데도 소리가 나지 않아요 간간이 삭정이 부러지는 듯한 소리는 당신의 귀로만 들을 수 있는 신음이에요 그것은 부싯돌에 튀는 불꽃처럼 켜졌다가 꺼져요 사위는 그만큼 더 고요해지고요 나는 어디로 가고 있는 걸까요 한번도 궁금해하지 않았던 것들이 친절하게 약병을 건네주어요 입들에게 향방에 대해 물어볼까 하다가 마음을 접어요 무엇이라도 무릎이 푹푹 빠지면 하염없지요 목울대가 잠겨 숨이 차기 시작할 때가 결정하는 시간이지만 약을 한 모금 마시고 그만 귀갓길에 들어요

밤마다 먼 길을 잃고 돌아오는 의문투성이 몽유 대체 나는 당신의 얼마만큼이나 아픈 건지요

다시 솔로

오리나무 잎새 하나가 늙은 나비처럼 내립니다
솔방울만 한 바람이
게슴츠레한 마음을 툭 건드리고 지나갑니다

밝은 곳으로 떠나가던 사람의
어둑어둑한 뒷모습도
이제 많이 낡았습니다

아득할수록
한고비 넘어 얼룩지던 발걸음이
곳곳에 드문하고
시선은 기어이 허공 가득 모호합니다

헌 생각의 곁가지들
속 깊이 초록을 틔우면서도
뿌리보다 더 묵묵히 움츠러듭니다

오목눈이 두리번거리며 먼발치에서 종종댈 때
하얀 구름 한 송이씩 차례로 날아와
주름진 이마 위에 피었다 집니다

악어는 꿈을 꾸지 않는다

마지막 기도가 끝나고
검은 두건을 쓴 사형 집행관이
그의 목을 형틀에 고정했다
두 기둥 사이에 높이 걸린 칼날이
비스듬히 햇살을 베며
희고 차가운 빛으로 번뜩였다
그가 이마를 치들면서 부릅뜬 눈이 나와 마주쳤다
그 눈, 그 낯익은 절망이 거기에 있었다

오늘도 꿈은 나를 몰아가고 나는 저주를 배운다
누구일까, 밤을 견디는 자
꿈을 지배하는 존재는

잠에서 깨어나자 악어가 떠올랐다
악어는 꿈을 꾸지 않으므로
턱뼈가 억세고 등가죽이 아름다운 것
주검을 씹으며 눈물을 흘리는 것
간을 졸이며 사는 나는
밤마다 악어가 되고 싶었다

\>
그러다가도 풋잠이 들면
입을 크게 벌린 채 한쪽 눈을 끔벅이고 있는
어미 악어 곁에 누워
어김없이 축축한 전율을 꿈꾸었다

행복한 악어를 찾아 나서야겠다, 이미 늦었는가
더 늦기 전에
패악한 고비를 피해 갈 검은 도구라도 얻기 위해서
생각해 보라, 토막 같은 세상 어디에
꿈 없는 잠만큼 아늑하고 평온한 나라가 또 있겠는가

등꽃을 밟으며

보라색 등꽃이 피는 5월은
색을 보는 달

가늘고 기다란 손가락을 뻗어
앙가슴 속 무색의 꽃잎들
설렁 간질이는 색도 있지만

소소한 추억과 정한을 엮고
섬광 같던 고뇌의 파편들을 뭉쳐
허공에 총총 매달아 놓는 보라

개화는 살펴서 듣게 하는 힘
시간에 물을 들이는 작업

색의 농담이 추억의 두께를 정할 때
나는 차라리 떨어진 등꽃을 밟는다

전설로 돌아가는 꽃비, 그 허무

근시 탄嘆

꽃향기는
봄날보다 길지 않고
새들도 마른 숲 가운데서
노래하지 않느니

사랑이 고픈 내 눈, 주름진 내 귀

억척같던 잡초들
그림자만 무성한 마음
죽은 멧새처럼 적요하여

눈앞의 꽃마다 서러운 못질을 해 놓고
옮겨 갈수록 미래는 더 멀어져
저어하느니 잃어만 가는 신선한 것들

그대 희미할수록
내 이목구비 모두 잠겨
자꾸만 먼먼 그대의
들리지 않는 소리를 잃느니

식목일에

행운의 섭리에 앞뒤 분간이 있으랴만
앞으로 나아가며
뒤처져 오는 횡재를 무시하던 기억들

섬세함이 단 몇 도규 설탕의 무게로
게으른 청춘을 압박하던

그물투성이 덫
불빛 속 한 점 어둠을 외면하고
폭포수 아래 서서 탄식의 목을 조르던

그 많던 사랑과 분노

본질을 순수라 믿고 꼿꼿이 세웠던 척추와
규칙적인 걸음과 초점 없는 시선을
이제 버린다

나는 여전히 한 그루의 생명
남아 있는 뿌리 몇 가닥
부드러운 흙 속에 가만히 들어 갈맷빛 꿈이나 꾸어 볼까

\>

그러니 멈추어라, 심화된 왜곡들
요행들아

나에게 꿈은

모래무지가 꼼짝 않고 강바닥에 붙어 있어요
잠들었나 봅니다
물고기는 무슨 꿈을 꿀까요

코끼리는 하늘을 나는 꿈을
장미꽃은 나비가 되는 꿈을 꿀까요

나는 꿈속에서
나를 벗어난 적이 없습니다
붉은 여뀌꽃으로 피고 싶어도
빛나는 뿔을 가진 버펄로가 되고 싶어도

잠에서 깨어나 생각해 보면
환상적 구실을 얻지 못했거나
현실이 완고하거나
나르시시즘
아니면 무지한 탓인 듯도 하고

분명한 사실은
꿈을 꾸는 사람 속에

잠을 자는 사람이 담기지 못하는 한계가
나에게 있다는 것입니다

모티프

귀여운 첫 손자에게 물어보았다
너는 커서 누구처럼 되고 싶니

손자가 대답했다
할아버지처럼요

나는 곧 불편한 마음이 되었다

아이는 무구한 눈을 가졌고
내게는 박혀 있는 옹이가 너무도 많다

나는 거울에 얼굴을 비춰 보며
살펴야 할 것들을 고르기 시작했다

제자리표

마른 우물 돌바닥을 긁어 대는
므네모시네의 양철 손톱

균열이 가는 유리 반자
늘어지는 뮤즈의 고된 신음

삼 줄에 매달린 기치들, 숯검댕의 조곡
채울수록 비는 이끼 낀 광휘

피 식은 동맥을 천착하는 펄스

바람받이 빙층을 넘지 못하고
인식을 훔치는 고무풍선
잠언 같은 자오선을 따라 벌다 만 긍정의 선후

로 료 루 류
쉐빙선처럼 웅크린 채 전율하다가
포개졌다가는 뒤집고
곤두박질치다가 사라지는 비굴한 혀

용서

나를 용서하기 위하여
나는 나를 벗어나야 한다

그러나 나를 벗어난 후에
내가 아닌 나를 위해 대체
무엇을 용서할 수 있단 말인가

결백

그녀의 비밀을 알고 나니
그녀와 공범이 되는 걸
면할 수 없었다

비밀은 숨어 있을 때만
결백하였다

어떤 기형

인동꽃 소복이 피워 놓고
싸한 향기
잎 진 찔레나무
가시를 핥았지

나는 눈이 둘
코는 하나
혀가 둘

어떤 기형은 달콤하고 불편하지

된서리 질 때는
오감 가운데 촉감만 남아

쓴맛은 어쩌면 그리
고독을 깊게 하는지

뾰족한 맛이 기다리는
그것은 봄날과 같이 부드러운 것
어린잎처럼 애달픈 것

\>

초록 불 심지를 들고 나서면
뒤따라오는 분홍 눈보라

나는 코가 하나
혀는 둘

작약도

바람 어지러운 섬 길을
홀로 걸었습니다

마지막 질문에는
답을 하지 않겠습니다
촛농처럼 식은 눈물이
위안이 될까 두렵기 때문입니다

나지막한 산정에 오르니
벌써 일몰입니다

하늘 가득
세상의 뒷모습들뿐입니다
침묵도 노을의 무게로
붉은 녹이 습니다

카나페 접시

애지중지하던 카나페 접시
실수로 귀퉁이 한쪽을 깼다

두고두고 아쉬워했는데
어느 날 바닥에 떨어뜨려
그마저 박살을 내고 말았다

쓰레받기에 쓸어 담으며
왠지 속이 후련했다

움직이는 노랑

기다리는 시간은 언제나
적과 청으로 구분되는 색깔이었다

어느 비 내리는 저녁
나는 긴 시간을 서성이고 있었다

비안개가 자욱한 신작로를 빠르게 걸어오는
그가 노랗게 보였다
눈을 비비고 보니 더욱 노랬다

청색이나 적색과는 달리
움직이는 노랑은
예측하기 어려운 암시였다

낯선 징조들이 날파람을 일으키며 따라오고 있었다

철석같은 신뢰도 종종
한 꼬집의 모래알로 변한다는 말이 떠올랐다

그가 도착하기 전에 정의하고 싶었던

분수령 쪽으로 불던 바람이 방향을 바꾸기 시작하자
주변을 병풍처럼 에워싸는
수많은 손가락이 보였다

그 사이를 비집고
노란 옷을 입은 난쟁이들이 쏟아져 들어왔다

생물학적 악기

존재는 경험인가
그렇다면 나는 인문학적 악기

악기를 켜면
시간의 매듭마다 각인해 놓았던 가사는
색색으로 발광하며 확장되어
타인에게 도달하자마자 소리와 함께
학습된 오랜 감성에 따라 공명할 것이므로
미추의 가치에 객관적인 혼돈이 일기는 하겠으나
어쩔 수 없이 그의 노래가 되고 마는 것인데

그러나 자아를 조율하기에 열중하면서
기어이 소음이 되고 말 연주를 경계하여
경험이 본성으로 표현을 다스리고
실체를 각색할 정서는 아집의 손끝이 다루지 못하도록
파동칠 몸을 원시의 속살로 고정할 때
발성기관의 백근은 더욱 단단해지게 마련이므로

나는 결국 생물학적 악기로 남을 것이다

제2부

처음 들은 말

작은 꽃분 하나를 받았어요

베란다에 놓아두었는데
잎이 마르네요

시들어 버렸군
돌아서다가
문득
흠 흠
무슨 생각에

분을 거두기로 했지요

연두색 가지 끝에
하얀 꽃이 피던 날

나는요
꽃이 하는 말을
그때 처음으로 들었답니다

오랜만의 안부

그는 나를 등에 업어 날랐습니다
나는 그 목덜미 땀 냄새에 익숙해졌고요

그는 자주 오래 걸었으며 나는 자주 또 오래
걸음에 실려 다녔습니다

불필요했음에도
우리는 모두 네 개의 눈을 뜨고 있었습니다

그는 아웃솔을 보강한 안전화를 늘 바꿔 신었지요
나는 오색 명주실로 끈을 꼬아
서로를 단단히 조여 묶곤 하였습니다

그렇게 닿은 곳이 가을 무밭이었습니다

걸음은 참 많은 무덤을 지나왔고
참 많은 의식이 균형을 지지하였습니다

이제 그는 제자리에 서서 가만히 눈을 감고 있습니다
나는 눈을 뜬 채 땅 위에 파랗게 물구나무서 있습니다

\>

다 잘되었는지요

개미

볕이 따가운 아스팔트 길을
지렁이 한 마리가 지나간다

윤이 나던 몸뚱이에는
흙모래가 묻어 있다

다리가 보인다

한 쌍의 더듬이와
여섯 개의 발이 달린
견고하며 생기가 넘치는 다리들

조금은 서두르는
그러나 의기양양하게
주검 하나를 떠메고
검은 다리들이 어디론가 가고 있다

자벌레

꽃송이마다
보랏빛으로 고정되는 시간
7월 늦은 대낮

자벌레 한 마리
무궁화 가느다란 나뭇가지 위를
걸어가고 있다

온몸으로 발을 옮기는
집중

꽃잎보다
선명한
저 생존

수련

수면이 빛과 어둠을 가르네요

작은 연못 속에서
뿌리를 감싼 채로 어둠은
수련다운 꿈을 꾸고 있는 건가요

자유는 뿌리를 배지만
거부하기도 한다지요

빛은 자유인가요

어둠이 꽃으로 피어나면
뿌리도 자유를 얻는 건가요

아침

작은 새 한 마리가
뒤란 꽃사과나무 위에 살고 있어요

새소리는 웃음이 되기도 하고
울음이 되기도 해요

소리가 알록달록할 때도 있어요

그런데 새는 지저귈 때마다
말하곤 합니다

나는 노래만 부른답니다

가까이에서

쑥 잎새 갓 피어나 아장거리고
냉이 꽃다지
흙무더기 주변을
푸릇푸릇 깁고 있다

곁으로 무릎길이만큼 다가가
쪼그려 앉는다

여린 것들 저렇듯 자약한 걸 봐

바람인들 구름인들
맞장구도 고맙고

여태 마음속에 잔설이 남아
손이 곱은 나까지
이 이른 봄날 이렇게
머리 숙인 채로 덩달아

흙냄새 그렁한 눈으로

비쿠냐

비쿠냐 한 마리가
안데스 침보라소산 기슭을 거닐고 있다

치열하고 척박한 이 유형의 땅을
높아서 넉넉한 하늘이 한 아름으로 품어 주고 있다

거친 페스투카로 배를 채우고
생각에 잠겨 되새김질을 하다가
문득 고개를 들어 꿈꾸듯 바라다보는 흰 구름
꽃그늘조차 드리운 적 없는 해맑은 눈망울에
파란 황홀이 넘치도록 고이고
물소리같이 그윽해진 짐승의 얼굴에는
행복처럼 미소가 어린다

별의별

별빛보다 어둠이 친절한 밤이었다
반쯤 감긴 눈으로 밤을 더듬다가
푸르지도 검지도 않은 잠에 빠져들었다

그사이 달무리 환한 하늘은 잠을 감싸 안으며
먼 배경으로 흘러갔을 것이다

잠 속에서는 별들이 가늘게 흔들리고 있었다
살아 있는 별, 살아가는 별

별은 뿔이 말랑한 어린 꽃사슴을 키우고 있었다
그들의 사육 방식은
싹이 터도 자라지 않는 시의 첫 문장 같았다

별의별 별이 되는 것들에게 특별한 규정은 없었다
아침보다 먼저 밝아 오던
허무와 망설임이 은빛으로 용해될 때에도
동그란 언어 같은 새 별이 태어나 수정 노리개처럼
꿈을 장식하였다

>

깊은 호흡의 무게로 욕망을 밟고 서면
별들은 제가끔 하얀 손가락을 내밀어
어둠이 당겨온 현絃을 가볍게 튕겨 내고는
반짝여 주었다

별들이 꼼지락거리는 잠은
투명한 날개가 달린 그 어떤 영감보다도
가녀리고 청량한 다짐이었다

봄

물섶에 핀 풀잎을 싸고
하얗게 얼어붙었던 눈에서
눈물이 흐르네

저 눈물

따뜻할 거야

8월

소낙비 지나가고
회화나무 은행잎 마르기도 전에
참바 줄처럼 내리는 매미 소리

울음인 듯
노래인 듯

성충이 된 여름 한 달
8월도 다 저무는데

산하엽

상상할수록 환해지는
환각보다 더
적나라한 사람이 있다

불꽃 없이 빛나며
서늘하고 신성하여
그 앞에선 다만 수그릴 뿐

눈을 감아도
눈부신

내 마음 모르실 이

나 스스로 겨워 흘리는
눈물 한 방울에도 투명해지던
산하엽같이 영롱한 사람이
먼 곳에 가 있다

정화

눈물로 얻은
젖은 두 눈

눈꺼풀 위로 포개지는 붉은 입술의
말갈기 같은 중력이
어떤 시간을 다른 시간 속으로
밀어 넣는다

눈을 감은 채로
변방의 창을 하나
열어 둔다

깨끗한 바람 온다

예쁜 사람

그녀의 아련한 눈을 바라보다가 물었지요

지금 무엇을 생각하나요

그녀가 대답했어요

세상의 모든 예쁜 것들을요

수락산 돌탑

저마다 제 생애를 간직하고 있을
돌 하나를 골라
돌탑 위에 얹는

누구는 손끝이 떨리고 누구는
가슴이 뛰었을 것이다

눈을 꼭 감은
두 손을 앞에 모은
고개를 숙인

사람의 어둠

돌탑이 하늘을 향해
묵묵히 발돋움으로 서 주는 것은
저도 제 어둠을 버리고 싶기 때문이다

블루데이지

다른 건 몰라도 그것이 하늘색이라면 달라지지요
공중에 떠 있는 행성, 이 낯설고 익숙한 별 위에서
크고 작은 모순들이 만들어 내는 수많은 기적도
무한한 저 색깔에 비하면 별스럽지 않아요

하늘을 바라보고 있자면 푸른색이 곧
우리가 원하는 신일지도 모른다는 생각이 듭니다
그것은 하늘이 불과 물의 냉정하고도 아우르는 힘을
가지고 있기 때문입니다

한번 상상해 보아요, 전능한 능력을 제외하고라도
도처에서 우리의 염원을 차려입고 눈부시게 변신해 온
저토록 은근하고 치밀한 그의 전개를

우리의 깨알 같은 비밀을 그는 낱낱의 운명으로 부화시
킵니다
그만이 알고 있는 우리가 모르는 일들은
우리를 앞으로 나아가게 하지요
한결같은 배경 아래서도 신의 현신이 다채로운 이유는
인간이 갈구하는 하늘의 뜻이 그렇기 때문입니다

가난한 나도 높은 곳을 충직하게 우러르며
욕망을 새기고 싶을 때가 있습니다
미래의 신 아프리카의 신 사막의 신은
마음이 선택해 놓은 배색에 따라 걸맞은 모습으로 바뀌겠
지요

오늘도 반딧불만 한 빛으로 자신을 성찰해 봅니다
십 년 후 내게 점지해 줄 신의 모습은 어떤 것일까
잿빛 그물 무늬에 갇힌 시든 데이지 꽃송이
아니면 꽃도 줄기도 없는 진부한 단색 블루
아니면 바라건대 저 무궁한 하늘의 색

아무것도 수정할 수 없는 나는
정수리를 내려다보는 그의 시선으로 인해
사뭇 부끄럽고 난감할지도 모르겠습니다

어쩌겠어요
무엇을 원하든지 간에 신의 모습은 오로지 그의 뜻일 텐데요

팔랑거리다

날개를 볕에 말리고 있는 나비
나비의 방식으로 선명해지고 있다

무게는 시간이
시간은 색깔이 변하여
어울리는 몸짓을 낳아 왔다

몸짓은 한 생명의 모든 것

제단을 넘어 바람이 불어오면
바람을 벗어난 새 세상이 날아오르고
생명은 그 속에 어여삐 팔랑거리고

기도

백련사를 지나 향적봉 오르는 길
하얀 수빙을 겹겹이 입은 늙은 주목이
비탈에 선 채로
기도하는 것을 보았네

나무다운 나무의 기도는 누가 듣는 걸까
자기 영혼 속 신성에 경배하며 몰입하는 순수를
기도라 한다면
나무는 신과 얼마쯤의 거리에 있는 걸까

가던 걸음을 멈추고
두 손을 모은 채로
해묵은 염원 속에 한참을 서 있어도
내 귀에는 눈바람 소리만 어지럽고
속된 몸은 그토록 춥기만 하였네

안개를 만지며

낯익어 용서되는 것이 있고
익숙함에 가려지는 죄도 있고

죄가 죄 아닌 듯 죄가 되고
벌도 벌 아닌 벌이 되어

하늘, 낯이 익어도 낯설고
낯설어도 익숙하기만 한 사람, 사람들

아마도 우리
두 손을 꼭 잡고 있어도
서로가 만들어 내는 은밀한 간극 속에서
알 수 없는 우주가 매 순간 변하듯이
떠다니는 가치와 허무가 투명한 물 알갱이처럼
빛을 좇아 꺼지기도 켜지기도 하듯이

초봄 그리고 이별

비는 눈물이 되어 내리고

눈물은 고여 빗물이 되고

떨어진 꽃은 흰 눈이 되는데

눈은 하염없이 붉은 꽃송이로 내리네

제3부

돌

바다는 바다를 품을 때가
가장 고요하지요

고요하다는 것은
무거운 자세로 가벼워지는 것이에요

숲이 숲을 품으면 하늘의 바다
바다가 되는 나무의 무게이지요
숲은 초록을 바꾸지 않아
고요한 하늘이 됩니다

인간의 바다에
나무와 초록이 작은 돌의 자세로 가라앉을 때
무게도 색깔도 소실되는 것은
돌을 품어 가벼워진 까닭일 거예요

대지를 닮은 돌은 정직합니다
돌의 의미는
언제나 다시 고요한 돌이 됩니다

내가 알고 있는 것들

알 수 있을 때까지는 그것을 어둠이라 부르자

알고 있다고 믿었던 것들을 알아차리는 동안은
흥정의 시간

흥정이 용납되는 이유는
우리가 서로에게 사소한 일부가 되어 있으므로

나이테를 헤아리며 제풀에 지쳐 가고 있는
너나없이 한 방향으로 맴도는 욕구
그물 없이 받아들이는 굴종이 부끄러운
나의 굽은 몸통 옆에서 나무꾼의 쇠도끼가 번쩍이네

무지를 신비로 치부해 오던 비겁도
여전히 황금 열쇠라고 믿고 싶은 게으름

갈수록 난해한 걸음들은 모두 반성의 몫이 되었으니
안다는 것을 진정 알고 싶어 하는 빈곤이
태양 아래 쉴 새 없이 절름거리네

>
빛나던 대중의 모퉁이를 지나
홀로 걷던 후밋길이 늙은 선장의 해도에 있기나 한 건지

영혼을 공전하는 당위와
저들 당당한 구심력의 본말을 향해 던지는
떫고 찝찝한 의문들
죽은 곤충에서 떨어져 나온 찢긴 날개 같은
경련하는
세상에서 내가 아는 모든 것이었던 내가 알고 있는 것들

박물관에서

움츠리는 것들은
움츠리기까지의 시간이
사유 그 자체이므로
결과에 연연하지 않아도 될 일이다

실패는 한 번의 지체일 뿐
때가 되면
어둠은 새 빛을 더욱 빛낼 것이다

반가사유상의 무릎이
고이 접은 날개로 보이는 날

짧은 대화

한남오거리 육교 위에
그는 좌정하고 있었다
묵상하듯이

귓불이 싸하도록 냉엄한 겨울이었다
무릎께 앉힌 그릇 속엔
백동 주화 몇 닢뿐

나는 노란색 지폐 한 장을 꺼내 놓았다

무너지듯 자세를 푼 그는
그릇을 품속에 비우고
부스스 자리를 떴다

검은 천으로 감싼 그의 곁눈과
내 눈길이 언뜻 마주쳤다

교감

색종이로 접어 놓은
두루미가 있었네

날개를 퍼덕이다가 성큼성큼 걷고
긴 부리로 깃털을 고르다가
춤을 추며 목청을 돋우기도 하였네

나는
얕은 시내에 둘린 초원이 되어
갈걷이 논이 되어
잘생긴 연못이 되어
그 곁에 눈을 감고 가만히 누워 보았네

성숙한 이름

별 하나가
제 무리를 벗어나
다른 이름으로 홀로 된다는 것은
흙 속에 잠기는 일
줄기와 뿌리의 순서를 새로 정하는 일
낯선 방식으로 화석처럼 마르는 일

가장 푸른 빛으로 타오르며 분신하는 일

형해는 하얀 숲길이 되고
어디쯤에서 익숙해진 발소리는 무괴하여
따로 빛나지 않아도
그림자로서 존재가 깊고 그윽해질 것이다

이름의 가치는
잊힐수록 잊히는 만큼 성숙해진다

무지의 가치

자신만의 세계를 구축했다고 믿는다면
더 많이 갇힌 것이다
이때 깨달음이 온다

자유는 누군가에게서 받는 게 아니라
스스로에 부여하는 것
자신은 자신을 떠나지 못하므로
자기를 벗어날 수 없다는

깨달음은 일종의 자위
무한한 자유는 온전한 무지에서 온다

더 나은 자유를 얻지 못하는 것은
무지를 신뢰하지 않기 때문

비극적 인식

요절한 이만이
젊음을 지킨다는

이 슬프디슬픈 인식에
가감승제가 필요하다면

하면
페르소나여
어떻게 생명을 분별하란 말인가

몇 끼니밖에 안 되는 우리
빈 그릇 높이로
오류는 키가 자라서

어린 풀빛처럼 돋아나는 글씨로
젊음 전체를 쓴다 해도
시든 배춧잎처럼 떴다가 다시 감아야 할
눈꺼풀에 늙은 핏발만 서는

우리

네댓 평짜리 거실에서
서로 마주 보며

사소하게 벌어지던 틈

반대쪽에 앉아 있던 우리 사이는
동으로 남으로
내달리고 있는 거리였다

한 뼘이 모자라
천 리 밖으로 멀어지는

그곳 어디에도
사랑하는 우리는 없었다

좋은 운

진열창 안에 놓인 반짝이는 의자야말로
불행이지
마장에서 빈둥거리는 말들의
비만한 호기는

닳고 낡아 가는 일은 숙련된 복

그렇잖은가

소임을 다하며 살 수 있다면
분명 운이 좋은 것

운이 좋다는 것은
부지런한 다리 하나를 더 얻는 일

눈의 방

그런데 눈을 감으면
퀼팅을 해 놓은 허상들이 살아나
천 개의 이름을 모으는 거야
눈을 뜨면 여전히
욕망이란 놈이 어제처럼 앞장을 서고

눈은 간교하여
재빠르고 얍삽하게 제 임무를 수행하지
시야에 든 것들을 고르고 다듬어
내면 깊숙한 비밀의 방에 들어앉아
은밀한 것들로
침이 마를 때까지 자신의 허기를 채우지

게다가 허락도 없이
신의 안경을 코끝에 걸친 채로 나다니곤 한다니까

살맛이 쓰디쓴 날이면
눈을 반만 뜨고는 비아냥대며 묻곤 하지
지금은 무엇을 보여 줄 거니
무엇을 보려고 하니

\>

그리고는 슬며시 방문을 열어젖히지

생소한 욕

소홀이거나 저주이거나 아니면 무표정이라도
그런 정처 없는 일들이 협곡에서 구릉지에서
늦깎이 가시눈으로 돋아나
하나하나 뒤를 이어 괴담처럼 무성해져서

하필이면
볏이 노란 새가 날아와 앉아
수상한 꽁지깃을 고를 때
어둠 속의 딱정벌레들 반짝이는 자세로
앞발을 모아 더듬이를 씻다 말고
허공에 대고 하얗게 눈을 흘길 때

그런 잠깐의 시간이 결정하여
천계의 모래톱인 양 출렁이면
순박하고 가지런한 문양들이 따라 흩어져
남루한 자세가 되는 그 시각
등 뒤에서 너나없이 기웃대며 쑤군대어
우리는 원통하게도
서로를 시기할 잿빛 연민을 배웠으며

\>

또 은밀한 일들이 형체만을 움직여

제 다라운 색깔을 궁형의 기억 속에 깊이 갈무리한다고

나에게 유령의 문서로써 일러

날개나 뿔들을 잔인하게 쓰도록 훈육하는 것이

가치 없는 주름들로 하여금 탯줄이 되어

절망의 홍조로 뚜렷이 남게 하기 위함일 테지만

나는 일찍이 단 한 번이라도

그 비슷한 것에 마음을 꿇었던 적은 없었다

욕조 물에 담기어

한갓 잡초에 지나지 않았던 풀꽃 하나가
심연을 흐려 놓던 때가 있었다

바위 한 덩이가
허정거리는 마음 위에 놓인 적도 있었다
그로 인해 얻은 낯선 평온도

우리를 쓰다듬는 것은 무엇인가
안심시키는 것들은

작은 의문이 일으키던 회오리
명확했던 가식 아래 펼쳐지던 맹세의 정글
아름다운 뱀, 보아

아니다
설정마다 따라오던 양면의 갈등을
부정도 긍정도 아닌 구름에 매달아 두고 보던
야자열매 같은 눈망울 속 그 흑점인가

열대우림에 갇힌

욕조에 몸을 담근다
시야가 물에 잠겨 신천지처럼 일렁인다

풀꽃 하나둘 바위 위에 피어난다

입을 벌려 삼켜 버린다

간절기

봄이 오기도 전에 봄이 오고
겨울이 지나기도 전에 겨울이 가 버린다

사유의 언저리마다 맴도는 계절의 잉여
궁핍이 트는 시간

놓아 주고 다시 잡으며
얻은 것을 잃으면 잃은 것을 다시 얻을까

제 꿈을 꾸지 않아도 될
남의 자리에
외려

조금만 더 앉아 있자고
조금 더 주저앉아 있자고

배양기

성공한 실험이 아니었어요
자산 부채표를 보세요
돌이킬 수 없는 손실이 발생하였네요

공약空約을 남발하던 21세기는
배지 속에서 다시 겨울잠을 자야 할 거예요
가두는 것을 강제하면
함께 갇혀 버리는 거였어요
미래의 씨앗들을 뿌려 놓은 저 광막한 터
처음 어린싹이 돋아날 때가 기회였지요

우산을 접으세요, 차라리
성벽의 사슬도 끊어 버리고요
깊숙이 심호흡을 해 세상을 들이켜세요
서로 감염되어 얻는 자유만이
진정한 자유가 되는 거예요

욕망

대상이 있었다
그다음에

교각이 있었다
교각은 갈수록 다단多端하고
공고해졌다
그다음에

교각 양방에 늘어선 형상에게
각각 다른 색깔이 입혀지고 있었다
그들로부터 떼어 낸
커다란 붓에서 살아 있는 물감들이 뚝뚝 떨어졌다
생존은 색깔에 따라 지속되었다
그다음에

세상에서 가장 낯익은 것 하나가
색이 다 바랜 채로 기다리고 있었다

그다음에

>

그다음에, 라니

어떤 욕망을 골라 더 규정하겠는가

그다음의 끝이 그다음일 뿐인

돛단배 띄우기

어딘가 닿을 곳이 없어도 떠나야 할
무작정한 시작始作이 있다

오늘 하루도
그날처럼 풍랑이 일고

내일 불어올 바람이야
어떤 마음으로 불어오든

떠나야 할 시각은 바로 지금
떠나고 싶은 시각은 지금 이때

투정

서는 자리에 따라
무엇이라도 되는 너

오직 너의 너만큼은
변하지 않는 카멜레온

가장 깊은 곳으로부터
서로에게 겹치는

진작에 그 안에 존재하였으나

네가 되지 못하는 나만큼의 나
내가 되지 못하는 너

모자이크

돌집에 웅크리고 있던 한숨들을 왁자하게 내보내자
호수 면이 단번에 눈앞으로 솟아올랐어요
새들이 한바탕 원을 그리며
어스름 속을 날아올라 수면을 덮었으므로
일단 그 자리에 멈춰 세웠어요
시야가 호의적 평면으로 바뀌었어요
흐릿한 달을 잘게 부수어 입김으로 말갛게 닦아
새와 새 틈새에 끼워 넣고 꾹꾹 눌러 고정하였어요
하나씩 불러다 남은 자리를 메꿔 놓은 얼굴들은
기억의 원근에 따라 크기가 서로 달랐어요
표정도 편안하거나 지워져 있었어요
창이 드문드문 환한 시골 아파트를
세로로 찢어 테를 둘러 붙여 두었어요
균형 잡힌 매우 보수적인 것이 생겨났어요

그때까지는 딱딱하지만 진득한 시간이었어요
배경이 침묵보다 더 깊어지는 것을 보며 숨을 고르는 사이
몸서리치듯 수면이 부서져 내렸어요
물비린내가 번뜩이며 사방을 에워쌌어요
뾰족한 외마디 소리가 들린 것 같았어요

우레처럼 새들이 날아가 버리고
구름이 묻어 있는 얼굴과 달 조각이 흩어지고 있었어요
호수는 어느새 제자리에 누워 있었어요
숨을 들이쉬자 허파 속으로 느끼한 것이 녹아내렸어요
탄식이 어깨를 밀치며 빠르게 지나갔어요
창이 드문드문 환한 아파트가 사방으로 일렁이고 있었어요

평범한 얼굴 하나가
초승달보다 맑은 빛으로 다가오고 있었어요

해체

씨앗은 씨앗을 밴다

기이한 것은
씨 없는 수박
씨 없는 감이 열리는 일들

해체는 어느 상황에서도 이루어진다

별미에 각주를 달아
매몰스레 간소화시키는 혀의 두뇌

꼬리가 갈라진 정자나
홀알이 되어 버린 난자는 분명
맛을 가리다 얻은 값이다

욕망은
돌연변이를 배고
때로는 종말을 낳는다

제4부

열까지 세기도 전에

망망한 바다를 가로막은 암벽 아래
하얀 등대처럼 서서

바람이 바람 되기를
아홉 번째 손가락으로 헤던 날

읽을 수 없는 숫자처럼
젖 냄새 밴 아이의 울음이 뼈를 스쳐 지나갔고

요람만 한 시간의 큐브 안에는
한 철 앉아 있을 자리가 몇 개 더 생겨났다

거울은 아무것도 반사하지 않는다

거울이 제 앞에 서 있던 형상들을
하나둘 꺼내어 늘어놓는다

고정된 시간이 되살아난다
호흡을 멈춘 가슴이 보인다
호흡은 허파 없는 감성으로
가슴은 독립된 의미로

언제라도 반복하고 번복할 수 있어
놀빛의 환영과도 같은
평면 앞에 늘어선 언어들은 긴장한다
요철로 깔린 진실이 상기될
입체적 비밀과 아픔이 있다

드러난 문장은 흐름을 바꾸기도 한다

세워 놓은 것들을 하나씩 지우다가
저항이 있는 부위를 골라 메스로 헤쳐 본다

걸레를 정의하는 방식이 나는 얼마쯤 두렵다

거울을 대해 왔던 오래된 주관도 은근히 무안해진다

뼈마디 심층으로 칼날이 한 땀씩 다가갈 때마다
묵은 귀를 키우며
방울방울 떨어지는 피를 흠향해 보는 반추의 시간이다

거울은 물끄러미 바라만 볼 뿐
아무것도 반사하지 않는다

수신호

차창에 갇혀
고정된 사람들이 환영처럼 미끄러져 갔다

날카로운 마찰음이 허공을 긋다 사라지는
철길 가까이에서 긴 밤을 보낸다

이 밤 포도주에 적신
은빛 티아라를 바람결에 던져 놓는 것은
나를 그리워할 누군가가 그립기 때문이다

어둠 속으로 멀어지는 열차의 후미를 좇던
근원을 모르는 초조감은 꼬리를 말고
취기로 붉어진 정적이 가슴을 짓누른다

문득 번뜩이는 평행선 위로
어둠을 거스르며 달려오는 이

나는 왠지 한쪽 손을 높이 들어 올리며 중얼거린다
멈춰, 밤이 늦었어
이제는 자러 갈 시간이야

불안한 오후

현관문을 열고 들어서자마자
안방에서 전화벨이 울린다
며칠을 끌고 다니던 넝마 같은 것들이
소리가 오는 쪽으로 우르르 몰려간다
빈집의 기둥도 천장도 가구도 그리로 기운다
걸치고 있던 의뭉과 허세를 벗어 옷걸이에 걸어 놓고
파문이 주름을 지우듯 일부러 느릿느릿 돌아선다
왜 이리 급해지는 걸까
혹시 그 화요일
머릿속에 어렵사리 사려 놓았던 흐리멍덩한 것들이 풀리며
다시 엉키고 얽힌다
거기서 뭔가 한 올쯤 골라내야겠는데 마뜩한 감도 없다
벨 소리가 앙칼지고 끈질겨 숨이 아무렇게나 차오르고
머뭇대며 내미는 부지깽이 같은 팔은 턱없이 짧다
엄나무 가시처럼 귓속으로 파고드는 저 소리에는
항거하기 어려운 쾌침이 있다
한 걸음 다가서 거북한 손으로 수화기를 잡는다

끓어오르던 소리가 뚝
멎는다

꿈에서 깨어나

꿈에서 깨어나 나는 의심한다
안경원숭이가 두 겹의 혀로 입 속에서 하는 일을
그의 몸과 눈의 비율을

꽃이 아닌
사막 선인장 뿌리의 삼투압을 의심한다
너럭바위에 내장된 낡은 대기의 온도와
바닷속에서 산란하는 빛의 파장과
빛깔 속에 녹아 있는 미네랄의 크기를 의심한다
석양이 드러내 보인
서녘의 붉은 체념이 누구의 것인지 의심한다

오직 홀로 시선을 끄는 별 가운데 별을
존재와 아무 연관이 없는 빛으로 생성된 그림자를
양면이라는 뻔뻔하고도 익숙한 단어와
인간의 항문과 목구멍의 점막을 의심한다
생물과 미생물, 생물조차 아닌 것들의
은밀한 족적을 의심한다

나는 의심한다, 분명히

나에게도 지난 시절이 있었다는 것과
그날들이 나를 시험하지 않았다는 것을

시간은
어떤 거짓보다도 더 의뭉스러운 것
나는 그 속에서
나의 의심만은 의심하지 말자고
맹세한다

홀씨

잘 모르겠다는 당신의 말

누구처럼
꽃보다 먼저
꽃의 자격에 대해 생각하기 때문인가요

위하여
다 비우겠다는 말을 차마 못 하고 마는 이에게
자격이란 게 있는 건가요

그마저도 모르겠다며
제 분수를 분별할 따름이라는
당신의 허공 같은 말이
홀씨가 되어 떠다닐 때

콘솔레이션

알게 모르게
피어나는 이름과 지는 꿈들이
그대 평생의 계절 안에서

가을 가면 여름이 오고

그나마 피는 잎 없다면 사랑이 아름다울까
지는 꽃 아니라면
삶은 얼마나 질박할까

따스운 의미들이 봉오리로 맺혀
가늘게 눈을 뜨고 기다리는 순간들이
다투어 모두 기쁨일 것

일어난 일은 일어난 일

한사코 일어날 일도
갈조빛 바람에 스스로 실려
흙의 운율로 떠돌다가
길고 긴 안식에 들리니

파랑새

칸막이들을 정리하고
좀 더 확장된 내면을 얻어 흡족했다

열어 놓은 창으로
파랑새 한 마리가
수시로 드나들며 투덜거렸다

내가 사는 숲은 풍요롭고 아름답지요
광활하고요
이곳은 허름한 데다 좁고 지저분하여
숨조차 쉬기 거북하네요

잠시 생각하다가
나는 물었다

그렇다면 무엇 때문에
이곳을 자꾸 찾아오나요

각성

웃으면 일부가 웃음이 되고
울면 전체가
울음이 되는 것을 찾았다

이제부터는 예제없이
허용할 것이다, 변변치 못한 충만을
원치 않았던 세밀한
충족들을

나는 오래 잠잠해질 것이다

일몰을 마주하고

의식이 정의하는 것들도
저의 가치로서만 존재하므로
이념에 대해 주장할 때는
색깔 있는 옷으로 갈아입고
착각에 대해 변명할 때
입을 맞추어 담합하는 것이다

존재는 타자로부터 평가를 받아 왔다
상호 지식의 한계 내에서
최소한의 부끄럼도 없이

그러고는 잊혔다
마치 색깔이 사라진 남의 옷처럼
하루 해가 지면
어둠 속에 버려지는 기억들처럼

한 가지 방법

기도는 기도하는 자를 위로하지요
고통은 신뢰를 얻는 방법이고요

부러진 세상의 팔들은
어디에서 오는 건가요
피할 수 없는 힘이 하늘과 땅을 지배합니다

머리를 숙이고 무릎을 꿇으면 평안이 오지만
영혼이 용해되는 가마 속이라도
신전하는 것들은 길을 잃게 마련이지요

더 나아갈 방법이 없을 때
기다리는 시간은 의롭고 대견합니다
그야말로 오만을 딛고 선
최선이니까요

깨달음마저 지워 가노라면
무미한 흔적들을 봅니다
반듯한 가난이 내준 길이라면
바라보기만 해도 용서를 벌 수 있을는지요

저마다 길이

1톤짜리 트럭에서
근조화환들이 내려지고 있다
흰색 리본에는
검은 글씨로 정중한 조문이 씌어 있다

적재함 바닥 한쪽에는
호접란 화분들이 모여 있고
짧은 핑크 리본에 생일 축하 문구가 보인다

꽃들은
삶과 죽음 앞에 갈라설 것이다

국화 향기에 싸여 더 엄연해질 죽음의 무게
붉고 명명한 호접의 축복은
산 자에게로

우리 앞에도 길이 놓여 있다
파란만장의

미소

재래시장 가판대에 올라앉은
돼지머리
입가를 살짝 추켜올린 채
지그시 눈을 감고 있다

저승까지 가져간
저 미소는
끓는 물 속에서도
흐트러지지 않은 선善

닿을 수 없는 무한을 연결하며
반짝이는 유한

바로 그 희망일까

하나씩 하나씩

하나씩 둘씩
절대 어둠 속으로 잠적하고 있는
그들은 아무것도 남기지 않았다

앙상한 가지를 붙들고
바람이 잉잉 울어 대고 있었다
눈물이 마른 몸을 흔들며
나무는 입술을 앙다물고 있었다

떠나간 방향을 향해 뻗은 팔들이
형광체처럼 푸르게 경련하고 있었다
죽은 잎처럼 아무렇게나 날리는
다리 없는 것들

왜 이다지도 해지는 것이냐
누더기 진 엄동
찢긴 수피 드러난 속살에
수만 창끝으로 와 닿는 비창
몸서리치는 허기

>
슬픔을 검은 카펫처럼 깔아 놓고
멱을 끌고 가는 이별들
얼마나 더 하염없을 것이냐

그 냄새

오래간만이야

냄새를 골라 거두는 일이 흔히 있을까마는
의도 없는 예외가 있다는 걸 아는 내가
시방 문득 한 가지 의문을 품게 되는군
몸 한구석에 남겨진 냄새
그게 무엇이지, 왜지 하며

나는 나에게 자네 아닌 나의 얘기를 하는 거야
열려 해도 열리지 않던 편재된 유희의 창을 열어
눈으로 한번 확인하고 싶은 거지

사건 하나가 기억 속에서 떠오르네
얼굴 가까이, 입김이 훅 끼치는 거리였지
그날 내게 와 부딪던 그 미지근하고 음습한 기호들은
자네 눈빛과 입가의 주름이 지어낸
거미줄같이 희며 가늘고 성근 비린내였어, 의아스러웠지
자네는 언제 어디서나 자네의 방식으로 건조했거든

어쩌면 싱겁게도 그 일은 그게 다였다 해도

달콤한 전율이랄까, 공포가 밴 부드러움이랄까
그런 것들이 영문도 모르게 그곳이 되어 남았으므로
그것만으로도 자네를 해바라기하던 나를 변명하고 옹호할
여유를 얻은 것이라고 나름 안도했었지

나는 순한 쌈닭 같은 자네를 너무 오래 잊고 있었어

변화는 가치가 판단하는 것이라고 자네는 주장하곤 했지
하긴 끝까지 남는 것들이 깨우는 망각도 있긴 있더라만

나에게 배어 있는 그게 무엇인지, 왜인지
자네가 아닌 누군가에게 물어보고 싶었는데

아무려나 나만이 맡을 수 있던 감각이 발톱이 되어
잠시 멈춰 선 지금은
보랏빛 추파가 본능으로부터 유희를 분리해 내고 있는
정오를 넘긴 가장 밝은 시간이야

초입

너는 겨울, 냉잇국을 끓이고
나는 여름, 햇보리 밥을 지어 놓고

나란히 앉아
맛있게 나누어 먹는다

두 눈이 마주치면 꼭
가을 사프란처럼 하얗게 웃어 준다

봄맛에 차츰 길들어 가는 우리

조심스럽다

낯선 것들은
어쩌면
가장 낯익은 것이 될 희망
어쩌면 가장 두려운 체험이 될
혼돈

무엇으로도 밝힐 수 없는
절대 어둠이 기다리기에
삶은 불확실한 순간마다
망각을 학습하게 하고
지양할 것들을 파도 위에 늘어놓게 한다

가슴속 암초 위에 등대를 세우고
램프의 심지를 돋우면
게으른 잠에 빠졌던 등대지기도
두 개의 뱃길을 환하게 비출 수 있다

낮달

주먹만 한 가짓빛 유방이
감자처럼 썩고 있었다

이마에는 저녁별 같은 땀방울이
송골송골 솟고 있었다

바싹 말라붙은
검은 그림자가 온몸을 뒤틀고 있었으나
끝날 때까지 그녀는
사내아이의 한쪽 손을 놓지 않았다

아이는 막대사탕을 빨아 먹으며
시시덕대고 있었다

물끄러미 바라보는 그녀의 퀭한 눈 속으로
흰 낮달이 지고 있었다

정서진에서

생성이 있으니 소멸이 있구나
생성의 이전과 소멸의 이후는 어둠
생명을 가진 나는 이 어둠을
영원이라 부르겠다

무한은 우리의 영역이 아니니
영원은 다만 한계 밖을 동경하는 것
상상이 욕망하는 그것은
어쩌다 선善다운 선이 될 수도 있는 것

어둠은 생성을 낳았으며
소멸이 만든 것도 어둠이기에
어둠은 두렵거나 차라리 두렵지 않은 것이 되었다

우리가 꿈꾸는 영원은
소멸 후의 어둠 속에 있다
밝힐 수 없는 인간적 어둠
염원만 있는 영원이 된 우리의 꿈은
생명의 코어에
세상에 없는 불멸을 입혀 놓는다

초기화

낡은 목선 기운 돛대
돛폭은 자꾸 찢겨 나가고
풍랑은 거세어 난파가 두려운 항해
가물거리는 등대가 잔혹하여
돛을 버리고 노를 젓는다

등대 아래에는 둘레암초들
하얗게 비산하는 불길함이 보인다

파도 위로 솟구치며 까불리며
한껏 뱃머리를 돌려 보고자 하는 마음

다시 표랑할 망망한 바다라면
저 등대의 불빛은 한갓 몽상일 뿐

사유를 초기화한다
다시 백지
항로를 지우면 항로가 보이려니

성찰하는 삶에서 생성에 대한 사유로
―노두식의 시 세계

고봉준(경희대 교수, 문학평론가)

1

노두식의 시는 일상과 삶에 대한 성찰에서 출발한다. 이때의 '일상'은 매일매일에 대한 기록이나 재현이 아니다. 마찬가지로 이때의 '삶' 또한 '생존'의 문제로 환원되지 않는다. 어쩌면 '삶'이라는 추상적 세계는 생존과 생활 '사이'에 존재하고 있을지도 모른다. 분명한 것은 '일상'에 관한 시가 '일기'가 아니며, '삶' 또한 생물학적인 층위에서만 이해될 수 없다는 사실이다. 그렇다면 왜 시는 '일상'을 성찰하려는 것일까? 문학의 입장에서 제안할 수 있는 답변 가운데 하나는 그것이 새로운 삶을 사는 방식, 나아가 세상을 변화시키는 하나의 방식이기 때문일 것이다. "생각하는 대로 살지 않으면, 사는 대로 생각하게 된다"라는 말이 있다. 이 진술은 매일매일 반복되는 일상이 어떻게 우리를, 우리의 신체와 정신을 특정한 방향으로 견인하는가를 설명한다. '생각'이 신체와 동떨어져 존재하는 것이 아니며, 또한 '생각'이 신체를 지배할 수 있는 것도 아니라는 점에서 이 진술을 그대로 긍정하기는 어렵다. 하지만 생각이든 신체든, '반복'이 특징인 일상에서 그것이 특정한 편향의 위험에 노출되어 있는 것은 사실이다. 우리가 '생각'이 아니라 습관, 즉 반복의 힘에 기대어 살아간다는 것, 그리고 '습관'이 새로운 자극에 반응하는 능력을 떨어뜨린다는 것은 부정할 수 없다. 시가 일상을 성찰한다는 것, 아니 일상에 대해 성찰하는 시의 의미는 그것이 편향된 감각과 생각을 정당화하지 않으려는 몸짓이며, 나아가 새로운 삶을 구성하려는 의지의 산물이라는 데서 찾을 수 있을 것이다.

청흑빛 우울이 마지막 주문처럼
바다의 하루를 지워 가고 있다

좌르륵 좌르륵 낯선 언어를 듣는다
검은 몽돌 띠를 두른 해변

하얀 물거품에 가려
닦이고 깎여 버려지는 것들과
버릴수록 둥글고
둥글어질수록 섬세해지는

내면의 소리

한 생애를 닦달해 온
몸과 마음
여전히 회억에 매이고
욕망에 매이고 습성에 매이는

완고한 남루로 우두커니 서서

—「몽돌을 듣다」 전문

　노두식의 이번 시집은 말, 즉 진술이나 발화가 아니라 '듣는 것'으로 시작된다. 시집을 펼쳐 들면 검은 몽돌이 빼곡한 해변을 걷고 있는 한 사람이 등장한다. 그는 지금 "청흑빛 우울"이 "바다의 하루를 지워 가고" 있는 해변에서 바닷물이 '몽돌'에 부딪혀 내는 "낯선 언어"를 듣고 있다. "몽돌을 듣다"라는 제목에서 드러나듯이 시인은 바닷물과 몽돌이 충돌해 만들어지는 소리를 '몽돌'의 "내면의 소리"로 인식하고 있다. 즉 화자의 관심은 바다가 아니라 '몽돌'에 집중되어 있다. 하지만 이 소리는 자신의 "내면의 소리"이기도 하다. 우리는 이 시의 화자가 풍경을 구성하고 있는 수많은 것들 가운데 선택적으로 '몽돌'에 주목하고 있고, 이러한 관심이 특정한 의미나 가치를 전제하고 있다는 사실을 짐작할 수 있다. 그리고 "하얀 물거품에 가려/ 닦이고 깎여 버려지는 것들과/ 버릴수록 둥글고/ 둥글어질수록 섬세해지는"이라는 진술처럼 시인에게 몽돌은 둥근 형태, 그러니까 바닷물에 의해 깎임으로써 버려진 것, 그리고 그 침식으로 인해 둥글고 섬세해진 것이다. 그는 이 '몽돌'의 섬세하면서도 부드러운 곡선에 시선을 집중하고 있다. 시인은 이러한 '몽돌'과 자신의 삶을 반복적으로 비교한다. 그는 자신이 몸과 마음을 닦달하는 생애를 살아왔고 오랜 시간을 살았음에도 불구하고 여전히 '회억回憶'과 '욕망'에 사로잡혀 있음을 깨닫는다.

이처럼 노두식의 시에서 삶, 혹은 일상에 대한 성찰은 어떤 대상의 발견과 동시에 시작되며, 그러한 비교는 항상 시인 자신이 불완전함을 확인하는 사유의 한 과정이기도 하다. 가령 「선행」의 화자는 모기가 많은 공원 벤치에 앉아서 전생에 자신과 모기의 관계를 생각하다가 자신에게 "그토록 소홀했던 한 사람"이 있었다는 사실을 깨닫는다. 또한 「일상」의 화자는 늘어났다 줄어드는 '그림자'를 바라보면서 자신의 내부에 "날치알 같은 욕망들"이 존재한다는 사실을 발견하고, 「근시 탄嘆」의 화자는 노안으로 나빠진 시력을 경험하다가 불현듯 "잃어만 가는 신선한 것들"이 존재한다는 사실에 생각이 미친다. 대상을 경유하여 자신에게로 되돌아오는 이러한 자기 성찰이 반성적 능력의 산물임은 상식이다. 예를 들면 「모티프」의 화자는 자신을 닮고 싶다는 손자의 말을 듣고 "나는 거울에 얼굴을 비춰 보며/ 살펴야 할 것들을 고르기 시작했다"처럼 자신의 삶을 성찰하기 시작한다.

하지만 이러한 성찰이 항상 긍정적인 결과로 마무리되는

것은 아니다. 가령 이 시에서 그것은 "완고한 남루로 우두커니 서서"라는 다소 비극적인 풍경으로 표현된다. 시인은 '몽돌'과 같은 섬세함과 부드러움을 획득하려 하지만 생물학적인 존재로서의 인간은 결코 '회억'이나 '욕망'에서 완전히 벗어날 수가 없다. 우리는 저마다 자신이 "인문학적 악기"가 되기를 원하지만 복잡다단한 일상은 결국 우리가 "생물학적 악기"(「생물학적 악기」)일 수밖에 없음을 알려 준다. 그렇다면 이 차이는 부정적 요소, 즉 한계를 의미하는 것일까? 그렇지는 않을 것이다. 인간은 유한자로서 이미-항상 한계적인 존재이다. 이 한계는 인간의 존재 조건이라는 점에서 우리가 의지로 넘어설 수 있는 것이 아니며, 그것에 대한 책임 또한 온전히 우리의 것이라고 말할 수 없다. 그렇지만 이 한계를 돌파하려는 의지, '몽돌'의 형태를 닮은 방식의 삶을 살아가려는 욕망을 갖는 것 또한 지극히 인간적이라고 말할 수 있다. 시에서 일상에 대한 '성찰'의 의미는 바로 이러한 반복, 결코 도달할 수 없다는 것을 알고 있으면서도 그 지점에 도달하기 위해 최선을 다하는 태도에 있을 것이다. 시에서 '성찰'은 결과가 아니라 삶의 방식으로서 의미를 갖는 셈이다.

모래무지가 꼼짝 않고 강바닥에 붙어 있어요

잠들었나 봅니다

물고기는 무슨 꿈을 꿀까요

코끼리는 하늘을 나는 꿈을
장미꽃은 나비가 되는 꿈을 꿀까요

나는 꿈속에서
나를 벗어난 적이 없습니다
붉은 여뀌꽃으로 피고 싶어도
빛나는 뿔을 가진 버펄로가 되고 싶어도

잠에서 깨어나 생각해 보면
환상적 구실을 얻지 못했거나
현실이 완고하거나
나르시시즘
아니면 무지한 탓인 듯도 하고

분명한 사실은
꿈을 꾸는 사람 속에
잠을 자는 사람이 담기지 못하는 한계가
나에게 있다는 것입니다

—「나에게 꿈은」 전문

오늘도 꿈은 나를 몰아가고 나는 저주를 배운다
누구일까, 밤을 견디는 자
꿈을 지배하는 존재는

잠에서 깨어나자 악어가 떠올랐다
악어는 꿈을 꾸지 않으므로
턱뼈가 억세고 등가죽이 아름다운 것
주검을 씹으며 눈물을 흘리는 것
간을 졸이며 사는 나는
밤마다 악어가 되고 싶었다

그러다가도 풋잠이 들면
입을 크게 벌린 채 한쪽 눈을 끔벅이고 있는
어미 악어 곁에 누워
어김없이 축축한 전율을 꿈꾸었다

　　　　　　　　　　　—「악어는 꿈을 꾸지 않는다」 부분

　　노두식의 이번 시집에서 일상에 대한 성찰은 종종 '꿈'이
라는 장치를 매개로 행해진다. 일반적으로 '꿈'은 현실에서
충족시키지 못한 욕구를 상상적인 방식을 통해 충족하는 장
치로 이해된다. 프로이트는 언어학적 방법으로 꿈을 분석
해 의식의 수면 아래에 잠겨 있던 무의식이 떠오르는 사건
임을, 즉 꿈은 무의식적 욕구가 충족되는 것임을 밝혔다.
프로이트에 따르면 꿈은 무의식의 산물이며, 의식 또는 현
실에서 결코 말해지거나 충족될 수 없는 실현 불가능한 욕
망의 상상적인 충족이다. 하지만 프로이트의 꿈 이론과 달
리 노두식의 시에서 '꿈'은 현실의 연장, 즉 한계가 존재하
는 세계로 그려진다.

인용시를 보자. 앞에서 지적했듯이 노두식의 시적 성찰은 어떤 대상의 발견과 함께 시작된다. 이 시에서 그 대상은 바로 물고기이다. 화자는 강바닥에 붙어 미동도 하지 않는 모래무지를 보면서 물고기의 '꿈'에 대해, 나아가 코끼리와 장미꽃의 '꿈'에 대해 생각한다. 만일 '꿈'이 상상적인 방식의 소망 충족이라면, '꿈'에서 코끼리는 하늘을 날아다니고 장미꽃은 나비가 될 수 있지 않을까? '꿈'은 현실의 중력법칙이 미치지 않는, 그리하여 현실에서는 결코 실현될 수없는 일들이 일어날 수 있는 세계이기 때문이다. 하지만 화자에게 '꿈'은 그러한 상상과 가능성의 세계가 아니다. "나는 꿈속에서/ 나를 벗어난 적이 없습니다"라는 진술처럼 그에게 '꿈'은 현실의 연장이고, 그 세계에서 화자는 한 번도 자신이 아닌 존재가 되지 못했다.

왜 꿈은 현실의 연장일까? 화자는 그 이유에 대해 오랫동안 생각했지만 만족할 만한 답변을 얻지 못했다. 대신 한가지 사실을 깨달았다. 그것은 "꿈을 꾸는 사람 속에/ 잠을자는 사람이 담기지 못하는 한계가/ 나에게 있다는 것"을발견한 일이다. "잠을 자는 사람"이 현실적·물질적 자아,즉 '꿈' 바깥의 존재라면, "꿈을 꾸는 사람"은 '꿈' 안의 존재이다. 따라서 두 존재의 선후관계를 따진다면 "잠을 자는사람"이 "꿈을 꾸는 사람"보다 더 근본적이라고 말할 수 있다. '잠'이라는 물질적 사건이 가능하지 않으면 '꿈' 또한 불가능하기 때문이다. 그런데 여기에서 화자는 "꿈을 꾸는 사람 속에/ 잠을 자는 사람이 담기지 못하는 한계"에 대해서만 이야기하고 있다. 이것은 "꿈을 꾸는 사람"과 "잠을 자는 사람"이 일치하지 않는다는 것, 따라서 전자가 후자에 대해 아무런 영향력을 행사하지 못한다는 의미일 것이다. 노두식의 시에서 '꿈'의 모티프는 반복된다. 가령 「몽혼야행」의 화자는 "밤마다 먼 길을 앓고 돌아오는 의문투성이 몽유"의 고통에 대해 호소하고, 「악어는 꿈을 꾸지 않는다」의 화자는 "오늘도 꿈은 나를 몰아가고 나는 저주를 배운다"라는 말처럼 '꿈'이라는 부정적 시간의 경험에 대해 고백한다. 이 시의 화자는 밤마다 '악어'가 되기를 희망한다. 왜냐하면 "악어는 꿈을 꾸지 않"기 때문이다. 하지만 그런 화자의 희망과 달리 그는 밤마다 꿈속에서 "어미 악어 곁에 누워/ 어김없이 축축한 전율을 꿈"꾼다. 그가 "꿈 없는 잠만큼 아늑하고 평온한 나라가 또 있겠는가"라고 진술하는 이유는 밤마다 반복되는 이러한 꿈 때문이다.

2

시집의 1부가 '나'에 대한 '성찰'의 세계라면, 2부는 '아닌 것'에 대한 '관찰'의 세계라고 말할 수 있다. 이때의 '관찰'은 사물에 대한 객관적인 시선이 아니라 주관적인 시선, 특히 대상에 대한 통상적인 인식을 벗어난 횡단적 인식을 지향하고 있다. 앞에서 우리는 일상에 대한 시적 성찰이 편향된 감각과 생각을 벗어남으로써 새로운 삶을 구성하려는 의지

의 산물이라고 주장했다. 노두식의 시에서 시적 성찰이 새
로운 삶을 구성하려는 의지의 산물이듯이 시적 대상에 대한
새로운 인식 또한 대상과 새로운 관계를 형성하려는 실험의
산물이라고 말할 수 있다. 이때 '대상'과 시인의 관계는 일
상적 맥락에서 시작되지만 결코 일상적인 맥락으로 환원되
지 않는다. 대상에 대한 일상적 맥락이란 무엇일까? 이것
은 일상생활에서 우리가 어떤 대상을 어떻게 인식하거나 대
면하고 있는가를 떠올려 보면 쉽게 이해할 수 있을 것이다.

　　작은 꽃분 하나를 받았어요

　　베란다에 놓아두었는데
　　잎이 마르네요

　　시들어 버렸군
　　돌아서다가
　　문득
　　흠 흠
　　무슨 생각에

　　분을 거두기로 했지요

　　연두색 가지 끝에
　　하얀 꽃이 피던 날

나는요

꽃이 하는 말을

그때 처음으로 들었답니다

—「처음 들은 말」 전문

시적 대상은 객관적인 정보나 지식, 혹은 통념의 방식으로 포착된 대상이 아니다. 왜냐하면 그것은 결코 우리의 감각을 뒤흔들지 않기 때문이다. 여기에서 우리는 시적 대상이 출현하는 순간에 대해 이해할 수 있다. 어떤 사물이나 풍경이 시적 대상이 되는 것은 그것이 일상적인 맥락에서 벗어날 때, 그러니까 시인과의 관계에서 일상성을 벗어나는 순간이다. 가령 망치를 생각해 보자. 일상생활에서 망치는 못을 박는 실용적인 도구나 수단으로 우리와 관계를 맺는다. 그런데 이러한 기능적 관계 속에서 망치는 시적 대상이 아니다. 그것은 한낱 못을 박는 도구일 따름이다. 철학자 하이데거는 망치를 비롯한 도구가 도구적 기능을 제대로 수행할 때를 가리켜 '손안에 있음'이라고 명명했고, 그 기능을 수행하지 않을 때를 가리켜 '눈앞에 있음'이라고 명명했다. '손안에 있음'과 '눈앞에 있음'의 존재론적 차이를 규명하는 것이 철학자의 몫이라면 일상적인 대상이 시적 대상이 되는 특정한 순간(경험)을 언어화하는 것은 시인의 몫일 것이다. 「처음 들은 말」은 동일한 대상이 맥락에 따라 달라지는 순간의 경험을 정확히 표현하고 있다.

시의 도입부에 등장하는 "작은 꽃분"은 일상적 대상이다.

살다 보면 화분을 구입하거나 누군가로부터 선물 받는 경우가 있다. 화자는 그렇게 받은 화분을 베란다에 놓아두었는데 시간이 흐른 뒤에 다시 보니 시들었다. 잎이 말라 버린 화분을 목격한 화자는 잠시 고민하다가 그것을 거두기로 결심한다. 일상적 대상으로서의 화분은 식물로서의 가치가 사라지거나 애정을 쏟을 이유가 없어지면 버려지기 마련이다. 죽어 가는 화분을 살리려고 애쓰는 것보다 새로 구입하는 것이 훨씬 경제적이고 편리하기 때문이다. 하지만 화자는 화분을 버리지 않았고, 그러한 화자의 관심은 "연두색 가지 끝에/ 하얀 꽃"이 피는 것으로 결실을 맺었다. 여기까지가 '꽃분'과의 일상적 관계라고 말할 수 있다. 다음 순간부터 '화자'와 '꽃'의 관계는 일상을 벗어난다. 그리고 이 관계 속에서 화분은 "꽃이 하는 말"이라는 진술처럼 '말'을 하는 존재가 되고, 시인은 그 말을 듣는 존재가 된다. 이때의 '말'은 도구적인 언어, 즉 우리가 커뮤니케이션의 수단으로 사용하는 그것이 아니다. 바꿔 말하면 대상에 대한 시인의 경험 속에서 '꽃분'은 이전과는 전혀 다른 존재로 변신하며, 이러한 관계의 경험을 통해 시인은 일순간이나마 일상적 질서의 바깥에 선다. 이러한 경험과 인식을 직관이라고 명명하는 것은 본질적이지 않다. 중요한 것은 이러한 시적 인식을 통해 우리가 이 세계의 중력 법칙에서 잠시나마 해방되며, 그 경험을 통해 대상이 지닌 다른 면을 발견한다는 사실이다.

날개를 볕에 말리고 있는 나비

나비의 방식으로 선명해지고 있다

무게는 시간이
시간은 색깔이 변하여
어울리는 몸짓을 낳아 왔다

몸짓은 한 생명의 모든 것

제단을 넘어 바람이 불어오면
바람을 벗어난 새 세상이 날아오르고
생명은 그 속에 어여삐 팔랑거리고

— 「팔랑거리다」 전문

   2부에 등장하는 시적 대상들에는 한 가지 공통점이 있다. 죽은 지렁이를 떠메고 가는 개미(「개미」), 무궁화나무 가지 위를 걸어가는 자벌레(「자벌레」), 작은 연못에 핀 수련(「수련」), 꽃사과나무 위에서 노래하는 작은 새(「아침」), 흙무더기 주변에 피어 있는 쑥과 냉이(「가까이에서」), 안데스 산기슭을 거닐고 있는 비쿠냐(「비쿠냐」), 8월의 매미 소리(「8월」)……. 이것들은 모두 작은 생명, 즉 "여린 것들"(「가까이에서」)이다. 시인은 유독 작고 여린 것들을 시적 대상으로 선택했다. 그 외에도 시인은 "봄"(「봄」), "산하엽같이 영롱한 사람"(「산하엽」), "깨끗한 바람"(「정화」), "돌탑"(「수락산 돌탑」) 등처럼 소박하고 맑은 느낌을 주는 대상들에 시선을 집중하고 있다. 이러한 대상의 특징 때문일까? 시적 대상의 감추어진 면을 읽어 내는 시인의 시선 또한 전적으로 긍정적이다. 시인은 나뭇가지 위를 기어가는 자벌레에게서 "꽃잎보다/ 선명한/ 저 생존"(『자벌레』)의 위대함을 읽어 내고, 수면 위에 꽃을 피우고 있는 수련에게서 '자유'를 발견한다. 또한 꽃사과나무 위에서 지저귀고 있는 새의 울음을 '웃음'이나 '울음'이 아닌 '노래'라고 해석하고, 흙무더기 주변에 뿌리 내린 쑥과 냉이에게서 '자약'함의 태도를 끄집어낸다. 시적 대상에 대한 이러한 새로운 인식은 "하얗게 얼어붙었던 눈"(『봄』)이 녹아서 흐르는 물에서 따뜻함을 발견하는 장면이나 바람이 눈물 젖은 두 눈에 부딪히는 장면을 '정화'라고 표현하는 것, 하늘을 향해 우뚝 서 있는 돌탑의 모습에서 "제 어둠을 버리고 싶"(『수락산 돌탑』)은 마음을 발견하는 데서 절정을 이룬다.

'성찰'의 사례와 마찬가지로 시인은 '관찰'의 경우에도 대상을 높이고 자신을 낮추는 태도를 취한다. 그에게 관찰은 대상의 다른 면, 하지만 긍정적인 면을 발견하는 일처럼 보인다. 이러한 태도는 「블루데이지」에서 가장 분명하게 드러난다. 시인은 블루데이지의 색깔, 즉 '하늘색'을 "이 낯설고 익숙한 별 위에서/ 크고 작은 모순들이 만들어 내는 수많은 기적도/ 무한한 저 색깔에 비하면 별스럽지 않"(『블루데이지』)다고 말한다. 또한 그는 '하늘'의 '푸른색'을 바라보면서 '신'을 상상한다. 여기서의 '신'에 종교적인 의미가 포함되어 있는지는 분명하지 않다. 다만 시인은 작고 연약한 '블루데이지'를 보면서 "한결같은 배경 아래서도 신의 현신이 다채로

운 이유는/ 인간이 갈구하는 하늘의 뜻이 그렇기 때문"임을
깨닫는다. 이 시에서 세상에 존재하는 모든 것들은 '신'의 의
지에 따라 만들어진 것이고 화자는 "아무것도 수정할 수 없
는" 존재로 인식된다. 이러한 관계의 비대칭성으로 인해 화
자는 그것들을 바라보면서 자신을 '성찰'할 수 있을 뿐이다.

3

　노두식의 이번 시집에서 가장 시적 성취가 두드러지는 작
품들은 대략 3부 이후에 집중적으로 배치되어 있다. 자연
적 대상을 경유한 시적 성찰이 두드러지는 1부, 그리고 시
적 대상에 대한 긍정적인 재발견이 주조主潮를 이루는 2부
와 달리 3부에서는 사유의 흐름이 선명한 궤적을 형성하고
있다. 사유는 성찰과 다르다. 성찰이 현세적인 욕망과 삶의
방식에 대한 일시적인 멈춤, 혹은 욕망의 제어를 의미한다
면, 사유는 상식의 주변을 맴돌던 세계와 대상에 대한 우리
의 인식을 가능성을 향해 풀어놓는 행위라고 말할 수 있다.
성찰이 일정한 궤도를 형성하는 환원의 논리에 가깝다면 사
유는 기존의 논리에서 벗어나는 목적 없는 지향에 가깝다.
이런 이유로 시가 사유의 흐름을 지향할 때 그것은 종종 아
포리즘의 성격을 띠기 마련이다. 철학자 니체의 표현처럼
그것은 '망치'가 되어 습관화된 우리의 지각을 부순다. 시인
은 그 일을 작품 곳곳에서 서슴없이 선보이고 있다.

바다는 바다를 품을 때가
가장 고요하지요

고요하다는 것은
무거운 자세로 가벼워지는 것이에요

숲이 숲을 품으면 하늘의 바다
바다가 되는 나무의 무게이지요
숲은 초록을 바꾸지 않아
고요한 하늘이 됩니다

인간의 바다에
나무와 초록이 작은 돌의 자세로 가라앉을 때
무게도 색깔도 소실되는 것은
돌을 품어 가벼워진 까닭일 거예요

대지를 닮은 돌은 정직합니다
돌의 의미는
언제나 다시 고요한 돌이 됩니다

—「돌」 전문

  3부의 첫 페이지에 실려 있는 작품이다. 이 시는 '바다'
에 관한 진술로 시작해 '돌'에 관한 진술로 끝난다. 도입부
에서 시인은 '바다'를 바라보면서 '고요'에 대해 사유한다.

이 시에서 "바다는 바다를 품을 때"나 "고요하다는 것은/ 무거운 자세로 가벼워지는 것"이라는 진술의 명시적인 의미를 찾기는 어렵다. 마찬가지로 "숲이 숲을 품으면 하늘의 바다"라거나 "숲은 초록을 바꾸지 않아/ 고요한 하늘이 됩니다"라는 진술도 선뜻 이해하기 어렵다. 이러한 사유는 지극히 정동적(affective)이어서 공명할 수는 있어도 이해하기는 어렵다.

4연에 등장하는 "인간의 바다"라는 표현에 주목해 보자. "인간의 바다에/ 나무와 초록이 작은 돌의 자세로 가라앉"는 것은 어떤 상황일까? "무게도 색깔도 소실되는 것"이라는 진술에 기대어 상상해 보면 그것은 바다에 풍경이 비치는 장면을 가리키는 듯하다. 풍경으로서의 "나무와 초록"은 "무게도 색깔"도 갖지 않으며, 그런 점에서 가벼운 것이라고 말할 수 있으니까 말이다. 이러한 논리를 뒤집으면 "바다는 바다를 품을 때", 즉 어떤 풍경도 되비추지 않을 때 가장 고요하며, 바로 그때 "무거운 자세로 가벼워지는 것"이라는 논리가 성립될 수 있다. 왜 이런 사유의 흐름이 필요한 것일까? 그것은 5연에 등장하는 "대지를 닮은 돌" 때문으로 보인다. 여기에서 시인은 "돌의 의미"를 "다시 고요한 돌"에서 찾는다. 바다가 바다를 품을 때 가장 고요하듯이 '돌' 또한 "대지를 닮은 돌"일 때 "다시 고요한 돌"이 된다. 이로 보아 시인은 공명은 하되 이해하기 어려운 시편들을 통해 깊은 사유의 길로 들어서는 성찰의 안내자 역할을 자처하고 있는 셈이다.

자신만의 세계를 구축했다고 믿는다면

더 많이 갇힌 것이다

이때 깨달음이 온다

자유는 누군가에게서 받는 게 아니라

스스로에 부여하는 것

자신은 자신을 떠나지 못하므로

자기를 벗어날 수 없다는

깨달음은 일종의 자위

무한한 자유는 온전한 무지에서 온다

더 나은 자유를 얻지 못하는 것은

무지를 신뢰하지 않기 때문

—「무지의 가치」전문

    여기에서 '무지'는 지식이 없는 상태가 아니다. 이것을 이해하기 위해서는 시집의 마지막 페이지에 실려 있는 "사유를 초기화한다/ 다시 백지/ 항로를 지우면 항로가 보이려니"(「초기화」)라는 진술에 주목할 필요가 있다. 앞에서 우리는 노두식의 이번 시집이 사유의 흐름을 드러내며, 이때의 '사유'는 상식의 방향으로 정향된 인식을 가능성의 방향을 향해 돌려놓는 행위라고 말했다. 그렇다면 가능성을 향해 인식을 풀어놓는 행위는 어떻게 가능한 것일까? 「내가 알

고 있는 것들』에 등장하는 다음과 같은 진술이 그 단초일 듯
하다. "나이테를 헤아리며 제풀에 지쳐 가고 있는/ 너나없
이 한 방향으로 맴도는 욕구/ 그물 없이 받아들이는 굴종이
부끄러운/ 나의 굽은 몸통 옆에서 나무꾼의 쇠도끼가 번쩍
이네". 만일 우리가 한 그루의 나무라면 우리는 "한 방향으
로 맴도는 욕구"를 지닌 나무라고 말할 수도 있다. '대중'이
란 일치된 욕구를 지닌 무리를 가리키는 말이기 때문이다.
시인에게 그런 대중화된 욕구는 "그물 없이 받아들이는 굴
종"이다. 시인에게 "영혼을 공전하는 당위와/ 저들 당당한
구심력의 본말을 향해 던지는/ 떫고 찝찝한 의문들"(『내가 알
고 있는 것들』)은 "안다는 것을 진정 알고 싶어 하는 빈곤"이
고, 그것은 '빈곤'이라고 표현되지만 '굴종'의 바깥에 위치한
다는 점에서 진정한 사유이기도 하다. 요컨대 진정한 사유
를 위해서는 먼저 "그물 없이 받아들이는 굴종" 상태에서 벗
어나야 하고, 상식/통념에 반反하는 이러한 사유는 언제나
"떫고 찝찝한 의문들"처럼 버석거리는 것일 수밖에 없다.

　다시 '무지'에 대한 이야기로 돌아오자. 이제 우리는 '무
지'가 지식이 없는 상태가 아니라 상식/통념에 무관심한 상
태라는 것을, 따라서 "무한한 자유"를 향한 탈주의 첨점尖
點임을 이해할 수 있다. 자유는 결국 묶여 있는 상태에서
해방되는 것이며, 오늘날 표준화된 욕구로 표상되는 대중
을 묶고 있는 족쇄는 상식/통념인 셈이다. 시인은 시적 대
상에 대한 사유를 통해 이 상식/통념에 도전하는 존재이므
로 그의 언어가 상식적이지 않은 것은 지극히 당연하다. 이

것이 바로 "무한한 자유는 온전한 무지에서 온다"라는 진술의 의미일 것이다. 여기에서 무지는 알지 못하는 상태가 아니라 상식/통념을 받아들이지 않은 상태, 아니 적극적으로 거부하는 상태라고 말할 수 있다. 우리는 이 '무지'의 상태를 경유하지 않고서는 결코 "더 나은 자유"를 향해 나아갈 수 없다. 이것이 바로 '무지의 가치'이다. 이러한 사유로서의 무지는 목적(telos)을 지향하지 않는다. 그것은 "사유 그 자체이므로/ 결과에 연연하지 않아도 될 일이다"(「박물관에서」)라는 진술처럼 '결과'를 좇지 않는다. 그것은 "어딘가 닿을 곳이 없어도 떠나야 할/ 무작정한 시작始作이 있다"(「돛단배 띄우기」)라는 진술처럼 시작, 즉 출발의 가치를 전적으로 신뢰한다. 철학자 니체는 이러한 출발을 주사위 던지기에 비유했다.

생성이 있으니 소멸이 있구나
생성의 이전과 소멸의 이후는 어둠
생명을 가진 나는 이 어둠을
영원이라 부르겠다

무한은 우리의 영역이 아니니
영원은 다만 한계 밖을 동경하는 것
상상이 욕망하는 그것은
어쩌다 선善다운 선이 될 수도 있는 것

어둠은 생성을 낳았으며

소멸이 만든 것도 어둠이기에

어둠은 두렵거나 차라리 두렵지 않은 것이 되었다

우리가 꿈꾸는 영원은

소멸 후의 어둠 속에 있다

밝힐 수 없는 인간적 어둠

염원만 있는 영원이 된 우리의 꿈은

생명의 코어에

세상에 없는 불멸을 입혀 놓는다

　　　　　　　　　　　—「정서진에서」 전문

　그런데 시인은 '자유'와 관련해 한 가지 흥미로운 논리를
제시하고 있다. 그것은 "자신은 자신을 떠나지 못하므로/
자기를 벗어날 수 없다"(「무지의 가치」) 구절과 관련된다. 이
것은 초월 내지 무한에 관한 이야기이다. 앞에서 우리는 노
두식의 시에서 '꿈'은 현실의 연장으로서 한계가 존재하는
세계임을 지적했다. 이것은 시인의 리비도가 '초월=무한'보
다 '유한'에 집중되어 있다는 의미이다. 실제로 시집의 4부
에는 무한과 유한의 관계에 대한 진술들이 등장한다. "닿을
수 없는 무한을 연결하며/ 반짝이는 유한"(「미소」)이라는 구
절이 대표적이다. 인용시는 이러한 유한과 무한의 문제를
생성과 소멸, 그리고 영원의 문제로 변주하고 있다. 시인은
"생성의 이전과 소멸의 이후"를 '어둠'이라고 명명한다. 하

나의 '생명'인 시인에게 이 '어둠'은 '영원'이기도 하다. 생명체로서의 인간의 근본 조건은 유한성이다. 인간이 추구하는 모든 가치는 바로 이 유한성을 전제함으로써 성립된다. 이런 유한자에게 생성의 이전이나 소멸의 이후는 알 수 없는 세계이다. '불멸'과 '영원'은 무한자, 즉 신의 영역일 수밖에 없다. 시인은 "무한은 우리의 영역이 아니"라는 사실을 알고 있다. 하지만 유한한 존재인 인간이 줄곧 "한계 밖을 동경"해 왔다는 것도 사실이다. 물론 그것은 "밝힐 수 없는 인간적 어둠"이라는 점에서 "염원만 있는 영원"일 뿐이다. 그 '영원'이 "소멸 후의 어둠 속에 있"는 까닭은 두 어둠 가운데 우리가 염원하는 어둠이 소멸, 즉 죽음 이후의 영역이기 때문일 것이다.

이런 맥락에서 "자신은 자신을 떠나지 못하므로/ 자기를 벗어날 수 없다"는 구절을 다시 읽어 보자. 시인은 "깨달음은 일종의 자위"라고 주장한다. 이 자위로서의 깨달음의 저편에 무지, 즉 "무한한 자유는 온전한 무지에서 온다"라는 진술이 위치한다. 요컨대 「무지의 가치」는 '깨달음'과 '무지'를 맞세우고 그 가운데 '무지'를 긍정하고 있는 셈이다. 따라서 2연의 진술은 1·3연이 아니라 4연과 관계를 맺고 있다. 이런 맥락에서 "자기를 벗어날 수 없다"라는 구절은 한계에 대한 부정적 판단이 아니라 한계 그 자체를 인정하는 진술이라고 이해해야 한다. 시인에게 "무한한 자유"와 "더나은 자유"는 "우산을 접으세요, 차라리/ 성벽의 사슬도 끊어 버리고요/ 깊숙이 심호흡을 해 세상을 들이켜세요/ 서로 감염되어 얻는 자유만이/ 진정한 자유가 되는 거예요"(『배양기』)라는 진술에서 제시되듯이 "서로 감염되어 얻는 자유"이다. 그것이 바로 노두식 시인이 추구하는 가장 기초적이면서도 지고지순한 '생명'의 논리이다.

4

노두식에게 '성찰'은 '욕망'을 넘어서는 문제이고, '사유'는 이미 존재하는 상식/통념에서 벗어나 가능성을 향해 자신을 개방하는 문제이다. "자신만의 세계를 구축했다고 믿는다면/ 더 많이 갇힌 것이다"(『무지의 가치』)라는 진술처럼 그는 '나'보다는 나 아닌 것들과의 '교감'에 더 관심을 쏟고 있으며, 이러한 관계 지향성은 "어떻게 생명을 분별하란 말인가"(『비극적 인식』)라는 말처럼 '분별'의 장막을 벗어나려는 지향으로 드러난다. 초월이나 무한이 이러한 분별을 수직적인 방식으로 해결하는 것이라면, 교감이나 유한은 수평적인 관계를 확장하는 방식을 통해 해결하는 것이라고 말할 수 있다. 그렇다면 이 생명 지향을 자연적 · 생태적인 상상력이라고 말할 수 있을까? 「파랑새」는 꼭 그렇지만은 않다는 것을 보여 준다.

칸막이들을 정리하고
좀 더 확장된 내면을 얻어 흡족했다

열어 놓은 창으로
파랑새 한 마리가
수시로 드나들며 투덜거렸다

내가 사는 숲은 풍요롭고 아름답지요
광활하고요
이곳은 허름한 데다 좁고 지저분하여
숨조차 쉬기 거북하네요

잠시 생각하다가
나는 물었다

그렇다면 무엇 때문에
이곳을 자꾸 찾아오나요

—「파랑새」 전문

'칸막이'는 '분별'(「비극적 인식」)의 객관적 상관물이다. 인간
의 자아는 대체로 이러한 분별을 통해 형성된다. 따라서 칸
막이를 정리, 해체한다는 것은 분별심을 앞세우지 않는다
는 뜻이며, 화자는 그것으로 인해 자신이 "확장된 내면"을
얻었다고 주장한다. 2연에 등장하는 "열어 놓은 창"은 이
"확장된 내면"의 또 다른 표현일 것이다. 그런데 시인의 "확
장된 내면"에는 "파랑새" 한 마리가 수시로 드나든다. 여기
에서 '파랑새'는 풍요롭고 아름다운 숲, 즉 이상적인 자연의

세계에 대한 표상이다. 이 구도를 유한과 무한, 세속과 초월의 관계로 바꿔서 생각해 보자. '창'을 경계로 화자가 있는 곳은 세속과 유한의 세계이고, 파랑새가 살고 있는 '숲'은 초월과 무한의 세계이다. 후자의 세계는 전자의 세계를 지속적으로 비난한다. "허름한 데다 좁고 지저분하여/ 숨조차 쉬기 거북하"다는 것이 비난의 내용이다. 초월에 대한 낭만주의적 상상이 그렇듯이 이러한 대비는 우리가 살고 있는 세계를 한층 초라하게 만든다. 이상적 세계에 대한 동경이나 현실에 대한 무비판적인 혐오는 대개 이러한 상상력의 산물이다. 실제로 현실과 동떨어진 세계를 노래하거나 시적 대상에 이상 세계에 대한 동경을 투사함으로써 균열이 존재하는 절대적 선善의 이미지를 생산하는 시인들도 존재한다. 그런데 이 시에서 화자는 이 세속과 초월, 유한과 무한이라는 이질적인 세계를 배경으로 '파랑새'에게 되묻는다. "그렇다면 무엇 때문에/ 이곳을 자꾸 찾아오나요"가 그것이다. 어떤 행동을 반복한다는 것은 기대하는 바가 충족되지 않았다는 것이며, '파랑새'가 반복적으로 화자의 창으로 도래한다는 것은 초월과 무한의 상징인 '숲'에 결핍이 존재한다는 뜻이다. 이러한 시인의 질문이 초월과 무한의 불가능성을 의미하는 것인지는 알 수 없지만 노두식의 시에서 시적 대상으로 등장하는 '생명'은 초월과 무한이 아니라 관계, 즉 내재적인 것이다. 이러한 사유가 철학에서 유래된 것인지, 혹은 시적 대상과의 신체적 · 감각적인 마주침을 통해 형성된 것인지는 알 수 없다. 분명한 것은 시인이

"떫고 찝찔한 의문들"이라고 이야기한 것 안에 진짜 시詩가 존재한다는 사실이다. 노두식 시인은 그의 열한 번째 시집 『악어는 꿈을 꾸지 않는다』에서 그것들을 꿈과 성찰로 사유하고 있다.